ÉDOUARD CHEVRET

LA RUBANOMANIE

Mon fils, le Baron,
Quoiqu'un peu poltron,
Veut avoir des croix,
Il en aura trois !...

BÉRANGER.

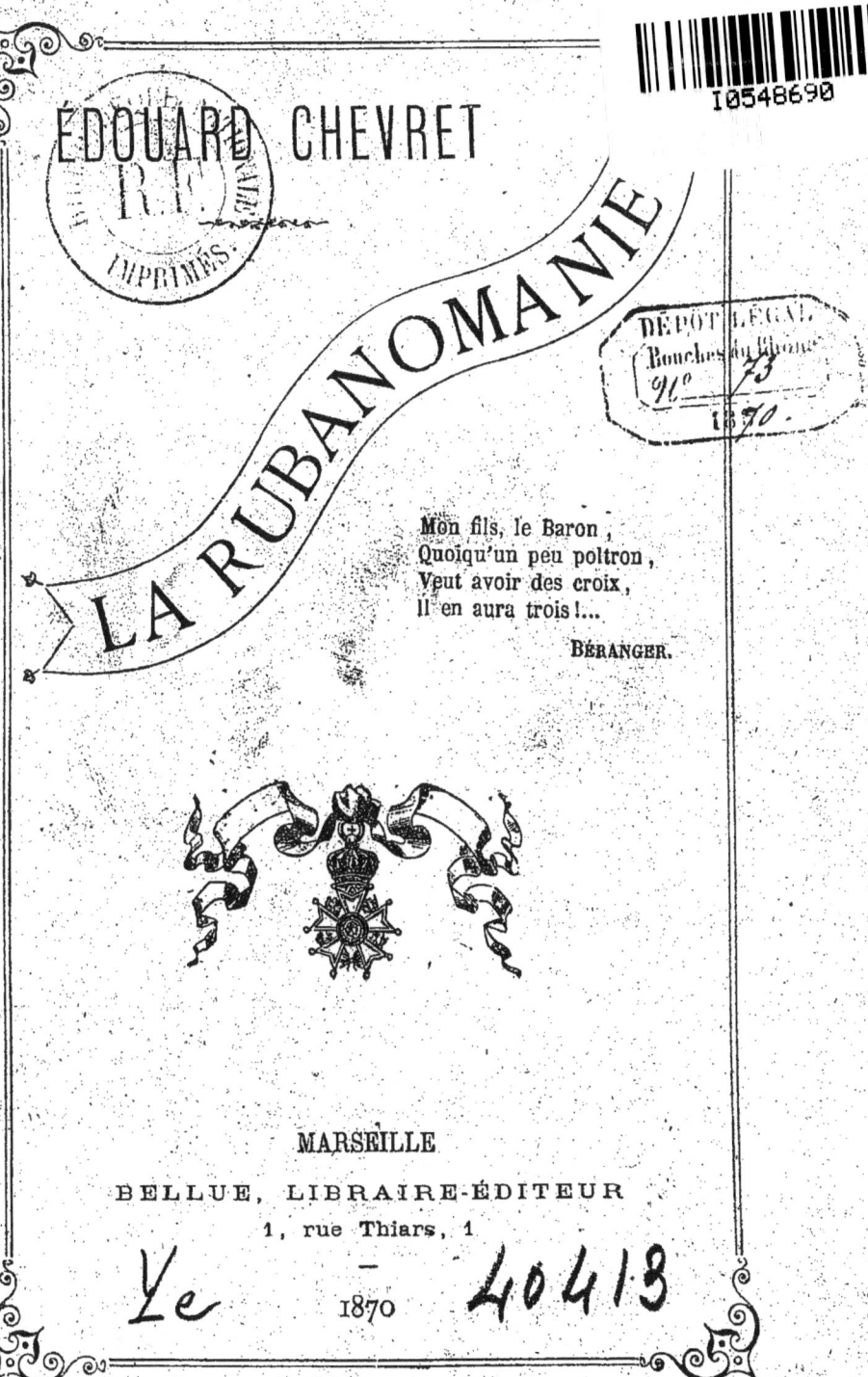

MARSEILLE

BELLUE, LIBRAIRE-ÉDITEUR

1, rue Thiars, 1

—

1870

40413

ÉDOUARD CHEVRET

LA RUBANOMANIE

Le Grand-Chancelier n'a rien à rabattre,
Au lieu de trois croix il en mettra quatre,
Son oncle, le Duc,
Quoique un peu caduc,
Sur son large sein,
En portera cinq.

E. CHEVRET.

MARSEILLE

IMPRIMERIE COMMERCIALE J. DOUCET

7, rue Moustiers, 7

1870

PRÉFACE

Quand on prend du cordon, on n'en saurait trop prendre.

✤

Quelques censeurs m'ont dit d'un ton acariâtre :
« Dispensez–nous, Monsieur, de vos coups de Théâtre,
« Et laissez en repos les gens bien décorés.
« Si vos talents d'artiste étaient moins ignorés ,
« Et qu'un Prince daignât, dans votre obscure ornière,
« Attacher quelque chose à votre boutonnière,
« Vous en seriez bien aise, et lui diriez : Merci ! »

✤

Messieurs, pour votre règle, écoutez bien ceci :
J'abhorre l'étiquette, et je hais la toquade,
Qui change un paletot en un pot de pommade.
Etiquetez vos seins des rubans du pouvoir,
Pour moi, l'honneur consiste à n'en point recevoir ;
A moins que ce ne soit cette tendre chimère,
Ce pieux talisman nommé : *Croix de ma mère !*
Que Déneri nous montre entre quatre rideaux
Pour nouer l'action d'un drame en cinq tableaux.

✤

J'ai chez moi des rubans, de couleur bleue ou rose,
Sur un large établi dont ma femme dispose.
Les ciseaux de la mode avec ces oripeaux,
Décorent des bonnets, des toques, des chapeaux,

Et taillent des plumets fournis par les autruches.
Tous ces collifichets, toutes ces fanfreluches
Vont mieux sur un chignon soyeux et délicat,
Qu'un cordon rouge au flanc d'un homme à coup d'État !

❊

Je hais la croix d'honneur quand elle n'est pas vraie.
Mais comment séparer le bon grain de l'ivraie ?
Comment se décoiffer pour saluer de loin,
Ceux qui, pour l'obtenir, ne mirent aucun soin ?
Ce cas est rare ! A peine en est-il un sur mille.
Il faut avoir le flair adroit, la main subtile
Pour ne pas s'égarer, à travers les sillons,
Dans ce vol étourdi de rouges papillons,
Et pour cueillir du doigt, précieuse trouvaille,
L'épingle d'or perdue en ces meules de paille ;
Mais je n'ai pas le nez d'un assez fin limier
Pour déterrer la truffe au fond de ce fumier.

❊

Les croix du deux décembre, objet d'un vil négoce,
Font peur aux croix des morts endormis dans la fausse :
J'en détourne les yeux, saluant, chapeau bas,
Ceux qui, pour l'obtenir n'ayant fait aucun pas,
Naquirent revêtus d'un sacerdoce insigne.

❊

Mais quand des *rien du tout* portent, sans qu'on s'indigne
Deux pouces de ruban dont ils font les achats,
Devant tous ces cordons délivrés par centaine,
Je dis (contrairement au brave Lafontaine)
Qu'ils sont pourris, et bons tout au plus pour les chats !!!

EDOUARD CHEVRET.

LA RUBANOMANIE

Tandis que, plus hideux que la vermine anglaise,
Notre ulcère subit, comme une terre glaise,
L'empreinte d'un carcan plus odieux qu'un knout,
Le grand artificier du soir de la quinze-août,
Sur le travail qui chôme et le peuple qui souffre,
Allume un grand décor de charbon et de soufre ;
Tandis que les soleils, tournant sur des pivots,
De la pyrotechnie, éphémères travaux,
En face d'un pouvoir qui prorogea la Chambre,
Tournent en grelottant du froid du Deux-Décembre ;
Tandis que des enfants courent, l'œil fasciné,
Ramasser des pétards le carton calciné,
Des hommes, sous un pli que le chancelier scelle,
Ramassent à leur tour une étoile, étincelle
Que Monsieur Wittersheim, en style officiel,
Détache du bouquet qui s'éteint sous le ciel.
Puis, quant ils ont brûlé leurs chandelles romaines,
Gamins et chevaliers rentrent dans leurs domaines,
Fiers du butin conquis par leurs efforts adroits,
L'un avec sa fusée et l'autre avec sa croix.

✳

C'est l'heure solennelle où Rouher, sans reproche,
Parmi les culs de verre et les cristaux de roche,

Étalant au Sénat la croix de diamant,
Fait resplendir sur tous ce nouveau firmament.
Pauvre croix !...
      Comme on sent que la main qui la donne
Semble en avoir toisé le ruban à son aune
Pour qu'il serve de laisse à la sotte fierté
De tous ces chiens bassets errant sans liberté !
Aussi la voyons-nous, comme une grive soule,
S'abattre sous les coups de chapeau de la foule
Et, trébuchant parmi banquet, punch et cognac,
S'applatir sur le cœur de Paul de Cassagnac ?...

✸

Il ne faut pourtant pas, messieurs, qu'on vous en veuille
Pour une croix trouvée au fond du portefeuille
Qui doit étiqueter le coin de votre habit.
Les roses du printemps n'ont pas plus de débit
Que les mots vains et creux d'honneur et de patrie
Vendus dans les bazars d'une chancellerie
Où le moindre intrigant, comme pour un coupé
Au-dessus du tarif, paie un ruban coupé.

✸

Puisque vous décorez de la croix militaire
L'obèse cul-de-plomb qu'engraisse un ministère,
Qui, la plume à la main, forge, avec des zéros,
La chaîne qui l'attache au guichet des bureaux,
Oublieuse du sang que la victoire coûte
Pour l'encre d'un huissier qu'un noir pupitre égoutte,
La croix peut bien aller, loin du feu des créneaux,
Décorer la simare au fond des tribunaux
Et servir de bavette aux bilieuses pituites
Des procureurs dévots, des présidents jésuites
Qui, le Code à la main, savent toujours prévoir
Tout, sauf l'excès de zèle et l'abus de pouvoir !...

✸

C'en est trop ? S'il fallait brandir d'une main ferme
Le fouet jusqu'à tirer le sang de l'épiderme,

Je serais là ! Dussé-je, à la satire enclin,
Ecrire sur ma peau convertie en velin,
Je dirai tout ! Dussé-je, enseveli sous terre,
Aller puiser de l'encre au fond de mon artère,
Sans craindre de blesser un bras déterminé
Qui sait écrire encor quand il a dessiné.
Je dirai tout ! Dût-on, sur le lit de Procuste,
M'écourter par les pieds et me rogner le buste,
Je dirai tout ! ! Dût-on, en guise de toison,
Me décorer le sein d'un verrou de prison,
Je dirai tout ! ! ! Porteurs de rubans par les rues,
Souffrez qu'on vous condamne à des vérités crues,
Car le mal compliqué tourne en contagion.

❊

Toi, petit employé d'administration,
Tu savais qu'au mépris de sa femme jalouse
Un consul étranger consolait ton épouse
Qui, pour te décorer, du chevet de son lit,
Rougissait de sa honte un coin de ton habit.
Toi, plat machinateur, chevalier d'industrie,
On n'a jamais connu ton nom ni ta patrie ;
Tu pars pour saluer le sublime turban,
Et tu ne nous reviens qu'avec un seul ruban ?
Etale-nous, pour faire un monstrueux contraste,
Ton sein éclaboussé par le fez pédéraste !...

❊

O fille de l'honneur, quel douloureux réveil !
Quoi ! l'émail d'Austerlitz moiré par le soleil
Tomberait dans l'égoût de la vulgaire intrigue
Où l'ivresse de l'or, sur l'honneur qu'elle brigue,
Tourne, en le déguisant, un talon clandestin ?
Non ! ! Devant ce bazar d'écumoires d'étain
Qui charge l'abdomen de plus d'un homme étrange,
Je ris comme un laquais que la boisson dérange.
Croyez-moi ! vos rubans de toutes les couleurs
Dans vos villas d'été feraient mieux chez les fleurs.

Pourquoi parodier la divine nature ?
Pour ces brimborions , semés à l'aventure ,
Qui sur vos habits noirs grimpent sans échalas ,
Vous avez fait le tour de tous vos consulats.

❊

Les ordres étrangers tombent comme la manne :
L'illustre Jubinal, noble *rubanomane* ,
Les récolte à foison, ici, là, n'importe où ;
Tous les ordres connus , de Nice à Tombouctou ,
Décorent de ce preux la poitrine superbe ;
Ses brochettes font peur aux vers luisants de l'herbe ;
De tous les bijoutiers il vide les écrins ;
Il a tant de cordons, de brandebours, de grains ,
Que les passementiers , retournant leur vitrine ,
N'en peuvent plus trouver pour sa large poitrine.
Heureux ce chevalier qui, sur son cœur viril,
Fait de sa boutonnière un éternel avril !
On y voit des muguets, des lilas et des roses,
A tel point que les *vieux de la vieille* , moroses ,
Laissant moisir au clou leur croix conquise au trot ,
Disent : (N'en portons plus, car on en porte trop !)

❊

Les Césars, nouveaux-nés , sous les ailes des anges,
Apportent, au berceau le grand cordon pour langes ;
De leurs chauds excréments essuyant les caillots,
L'empire a décoré l'aiglon dans ses maillots.

❊

Les intrigues de cour sont une cage à poule :
A travers ses barreaux notre œil s'infiltre et coule
Comme l'œil d'Argus perce un corridor secret.
Nul n'ignore qu'un jour, en vertu d'un décret,
(Décret surnaturel qui tenait du prodige) ,
La faveur, se livrant à la grande voltige,
Créa De Persigny, dans un seul jour, je crois,
Chevalier, officier, commandeur et grand'croix.

Si ceux qui restent n'ont de secrets pour personne ,
Les morts ont dit.. les morts parlent quand l'heure sonne ;
Proscrits , ils ont gravé leur nom contre les murs ,
Morts , ils l'ont incrusté du bout de leurs fémurs.
On dit que , rajustant leurs funèbres toilettes ,
Les cadavres du *quatre* , effroyables squelettes ,
La nuit , vinrent ensemble , avec leur froide main ,
Du ministre endormi sceller le parchemin ,
Et , se glissant le long des rideaux de la chambre ,
Prononcèrent ces mots farouches : *Deux-Décembre !!!*

❀

Oh ! n'allez pas crier : prestige , illusion ,
Cauchemar de poète, hallucination !
S'il est des cerveaux creux boursoufflés de chimères,
Il est des croix , bien plus que la ciguë, amères ,
Qui tracassent , la nuit , le front sur le chevet ,
Et qui brûlent , le jour, le sein qui les revêt ;
Croix dont le remords semble avoir saisi le calque
Pour en parer le drap du hideux catafalque ,
Croix dont le port , funeste à qui l'a mérité ,
Condamne à l'anévrisme à perpétuité.

❀

On a même entrevu dans la troupe macabre
Morny, son portefeuille , et Saint-Arnaud, son sabre ,
Guidant, sur les pavés, des spectres mal d'aplomb
De soldats trébuchant sur les pas de Troplong.
Paix à leurs os ! respect à tous ! miséricorde
Pour ceux dont les cordons , pourris jusqu'à la corde ,
Semblent ressusciter, sous l'œil d'un potentat
L'incorruptible chair des morts d'un coup d'Etat ! ! !

❀

Ceux qu'on a décorés dans ce triple désastre
Ont tous je ne sais quoi de lourd sur l'épigastre
Dont la digestion se fait péniblement
Avec crampe, nausée , aigreur, étouffement.

Leur nomination, comme une gastralgie,
Leur donne l'humeur noire au moment de l'orgie :
Des massacres du *quatre*, effroyable attribut,
Un horrible brancard, rouge du sang qu'il but,
Déteint sur le ruban des boutonnières neuves ;
Sous un long voile noir, mouillé des pleurs des veuves,
Le spectre de *Baudin*, plus pâle que *Banco*,
Leur apparait !... du *quatre*, épouvantable écho.
Le mort parle... et tous font, sous le froid de son geste,
Des efforts pour vomir une date indigeste
Qui prouve aux estomacs qu'on vient de décorer
Combien un coup d'État est dur à digérer.
La croix de commandeur, comme une jugulaire,
Les étreint par la gorge avec plus de colère,
Tandis que leur cordon, d'un rouge ravissant,
Coule sur leur poitrine en rivière de sang !...

✻

Allons, qui veut des croix ? qui donc en veut encore ?
Citoyens, citoyens ! que la main qui décore
S'ouvre ou se ferme, ailleurs pour tout autre que nous!
Marchons vers l'avenir sans plier les genoux ;
Laissons les grands cordons, *pour* qui tant d'ors'engouffre
Remplacer pour les grands la chemise de soufre ;
Ne nous y brûlons point ; prenons les chemins droits ;
N'ayant pas de remords nous n'aurons pas de croix !
Sous l'astre de *Juillet* dont le feu nous inonde,
Soyons, avec Franklin, les citoyens du monde ;
Élaborons sans croix notre œuvre avec témoins ;
Appelons-nous Calmouks, Lapons, Caffre, Bedoins
Plutôt que d'entamer, sur de sanglantes nappes,
Un pain que Belzébut fit pétrir par les papes ;
Le pain des *Borgias* décorait âme et corps ?
Décorons-nous d'un cœur qui batte sans remords ! ! !

✻

Des croix d'honneur pour vous, hommes des grandes joutes
Un jour le sens commun les abolira toutes,
Pour vous, qui mûrissez, par la célébrité,
Le sincère verdict de la postérité.

Voilà le vrai blason, le seul grand et sublime
Que le temps ne saurait entamer de sa lime.
Il faut savoir laisser aux femmes les bijoux,
Aux hommes le travail, aux enfants les joujoux.
Au lieu de ces émaux que l'œil aime à poursuivre
Comme on suit d'un jongleur le globule de cuivre,
Décorez-vous d'un nom vaste dans l'avenir.
Quant à vous qui voulez à tout prix obtenir
Une croix d'or, d'argent, de zinc, de plomb, de tôle,
(Au lieu de l'oublier sur les bancs de l'école)
Mangez-la, buvez-la de vos yeux triomphants
Et soyez décorés..... mais comme des enfants.

✳

Sachez que, dans ce siècle où l'honneur dégénère,
Plus d'un soldat obscur, héros sexagénaire
Dont les boulets d'Arcole ont labouré la peau,
Est là, le front blanchi sous l'ombre d'un drapeau !
Vétéran besogneux qui tremble et se disloque,
A peine ose-t-il pendre au revers de sa loque
Le bronze de Longwood d'où, calme conquérant,
Surgit, en relief, Napoléon mourant,
A mes vieux compagnons de gloire... Vos brochettes
Souffrent que ces héros vendent des allumettes.
Et, retroussant le bord de boueux pantalons,
Des souliers des passants astiquent les talons :
D'un anguleux moignon que l'âge extrême irrite
Ils lustrent l'escarpin du fringant Sybarite.
Ils suivent, sous le sac des ans qui rompt leur voix,
Le chemin de la gloire et *celui de la croix*
Jusqu'à l'heure du soir où, grâce à leurs bougies,
Vous étalez encore vos pâles effigies.

✳

Memento quia pulvis es
et in pulverem reverteris.

Pourtant, s'il vous fallut valeter nuit et jour
D'un fauteuil d'antichambre au square d'une cour,
Estimez-vous heureux, hommes toujours ingambes,
De vous sentir encor solides sur vos jambes,

Ne vous étant cassé tibias ni fémurs !
Hélas ! après avoir coudoyé tant de murs ,
Et de tant d'escaliers gravi toutes les marches ,
Pour récolter si bas le fruit de vos démarches ,
Sourds à la voix d'airain qui vous dit : *Memento !*
Portez-donc votre croix, en guise d'*ex-voto* ;
Jusqu'à l'heure où, d'un choc lugubre à votre porte ,
Le plus noir des huissiers qui saisit la chair morte ,
En vous crucifiant, sur sa note de deuil ,
Viendra vous décorer de la croix du cercueil ;
La dernière ! ! !

      Avez-vous entendu ? la dernière ! ! !
Celle qui, vous broyant poitrine et boutonnière ,
Demeure sourde aux bruits des vivats, des chansons ;
Celle qui, dans la fosse où morts nous pourrissons ,
En engendrant le ver qui nous ronge la face ,
N'a plus pour courtisan que l'affreuse limace
Qui, maîtresse du sol par la pluie amolli,
Rampe sur le néant et bave sur l'oubli ! ! !

FIN DE LA PREMIÈRE PARTIE.

DEUXIÈME PARTIE

LES RUBANOPHOBES

La sainte Liberté, malgré vingt ans de jeûne,
Marche sans défaillance avec notre âme jeune ;
Qui donc endiguerait son fulgurant reflux ?
Qu'un noir jésuite, assis entre deux angélus,
Avec ses doigts pieux, au fond du sanctuaire,
Prépare la charpie, ou le drap mortuaire
Pour ceux qui tenteraient d'exhausser les pavés
Que du sang de *Baudin* vingt ans n'ont point lavés,
Qu'importe !...
       Marchons droits comme la République,
Dussions-nous tomber tous sur la place publique,
Et, sous le chassepot, fratricide assassin,
De notre propre sang décorer notre sein !...

✻

Si la police dogue a des crocs pour nous mordre,
Si Mazas devant nous s'ouvrait *pour sauver l'ordre*,
D'un pamphlet applaudi soufflettant le pouvoir,
Sachons mourir debout ainsi que Victoir Noir !
L'hydre démocratique est un divin reptile :
Une tête qui tombe en fait naître cent mille

Qui, toutes exécrant les sophismes d'État,
Disent : quatre décembre !.. Attentat ! attentat ! ! !
Deux mots qui ne pourraient, même chez les arabes,
Trouver quelqu'un qui veuille écrire leurs syllabes.
Si Cayenne, sépulcre où sont pétrifiés
Les os des saints martyrs qu'on a crucifiés,
Sous notre large orteil s'entrouvrait comme un piége,
La vérité sur l'eau reviendrait comme un liége,
Et montrerait, couvrant la voix qu'elle confond,
La justice au-dessus, la tyrannie au fond ! ! !

❊

Dans ce siècle d'intrigue où la brochette abonde
Il ne faut pourtant pas embrocher tout le monde
Amnistions la croix de diamant, corbleu ! ! !
Vive, en fait de cordon, le friand cordon bleu
Qui veille !.. et sait à point me servir ma brochette,
Tandis que mon bébé, plongeant dans mon assiette,
Des genoux paternels sur lesquels il grimpa,
De gros et bons baisers décore son papa.
Mais tout homme n'a point la paternelle audace
Du crachat filial qui décore sa face ;
Il faut que votre orgueil, dans ce siècle pervers,
Se chamarre de bouts de rubans bleus ou verts
Pour que, muets témoins de vos mesquines hontes,
Ces bons passementiers puissent faire leurs comptes.
On peut se décorer d'une rose en plein air,
Mais porter une croix de diamant !... c'est cher !....

❊

Tout le monde ici-bas a, ne vous en déplaise,
Son Benjamin mignon, qu'il dorlote à son aise ;
Mais, depuis le premier jusqu'à l'arrière-ban,
Il s'agit de savoir quel est le bon ruban
Car trop de charlatans, dont le sein se bigarre,
Dans nos rangs populeux passent sans crier : gare !
En secouant à l'air le fouet d'Automédon
Qui nous crève les yeux d'un transversal cordon.

Ces cordons, obtenus même sans Proxénète,
Ont démanché pas mal de cordons de sonnette :
Ces joujous ornent bien un habit ; mais pourquoi
En exiger sur mille un seul de bon aloi ?

❀

Faisons grâce plutôt à la fioriture
Dont chaque habit d'Elbœuf pare sa devanture.
J'en sais qui, mécontents de leur brinborion,
Y sèment quelques grains de rouge vermillon,
Pour que l'œil du public, dans son indifférence,
Puisse croire de loin au ruban de la France.
Mieux vaut, en pareil cas, décorer son tricot
D'une pivoine pourpre ou d'un coquelicot.

❀

Le pape a des rubans jaspés d'un rouge tendre
Qu'un bedeau financier, en se signant, peut prendre,
A moins que ce dévot n'aille, avec deux cents francs,
Des jardins de Tunis récolter les safrans :
L'un, d'un bouton moiré dont il voit l'élégance,
Exagérant le rouge avec extravagance,
Effarouche les bœufs qui vont à l'abattoir ;
Celui-ci la voudrait large comme un mouchoir ;
Ce dernier l'attacha comme un nœud de cravate ;
Que de mal pour former une ganse écarlate !...

❀

Qu'ils la portent s'ils l'ont gagnée !... évidemment
Car, ici-bas, malgré les frais d'enterrement,
Chacun porte sa croix, de Pilate à Caïphe.
Voyez le sacristain du souverain Pontife ;
Il vous porte une croix de trois mètres et plus.
Les fils de *Loyola*, disciples de Jésus,
En propageant la foi, portent, comme génie,
A la place du cœur, la divine agonie.
Grâce pour ces frocs noirs quand ils sont timorés !
Voilà, si l'on m'en croit, des gens bien décorés.

✽

Mais , puisque la faveur devant rien ne recule ,
Que ne décorez-vous le *piége à rat bascule* ,
Entre autre fabricants d'emplâtres à la poix
Puisque au moindre mérite on décerne une croix ;
Que ne décore-t-on , du grand aigle de Prusse ,
L'homme qui, dans nos murs, va casqué comme un russe,
Et devant les cordons des marchands d'embarras ,
Sur les dalles du quai porte la mort aux rats ,
Semant dans tous les coins , où l'espèce en pullule ,
Du Mondor *Borgia* le fromage en pilule ;
Avec ce poison pris dans son sac voyageur ,
N'eût-il, dans nos greniers, détruit qu'un seul rongeur,
Ce service éminent, le signale au négoce
Qui, loin de le laisser ainsi rouler sa bosse ,
Devrait instituer une marque d'honneur
Pour cet industriel , utile empoisonneur !..

✽

La croix décore tout même la banqueroute ,
La faillite , en dogar , court sur la grande route
Parmi des tourbillons , de billets protestés ;
L'usure , en ricanant , va de tous les côtés ,
Malgré les procureurs qui vivent de sévices ;
Et l'œil de l'agio , dessillé par les vices ,
De la justice humaine affrontant le regard ,
N'a jamais rencontré l'œil de Dieu nulle part ;
Décorez l'agio !.

✽

          Depuis qu'Iscariote
Trahit, en usurier, le *divin patriote* ,
L'usure de Caïphe a rempli les mandats
En faisant circuler le baiser de Judas ;
Décorez-la !..

✽

      J'ai vu, pour surcroît d'arbitraire ,
Le frère raboter l'épiderme du frère ,

Et Caïn ériger , sur le sanglant copeau
Un domaine qu'Abel tapissait de sa peau ;
Décorez-le !...

❈

La bourse inscrit dans ses annales
Des noms de boutiquiers , d'origines vénales ,
Qui se sont , tour à tour , industriels bourgeois ,
Enrichis par l'usure et la vente à faux poids ;
Qu'on les décore ! !.

❈

L'un fit un matin fortune
En saisissant la hausse à son heure opportune ,
Négocia son grain , plus ou moins corrompu ,
Pour s'ériger ensuite en Matador repu ;
Qu'on le décore ! !..

❈

L'autre , à travers les fouets aigres
Qui chassaient vers l'encan un long troupeau de nègres ,
Arc-bouta sa fortune au moyen du bâton ,
Que la traite des noirs rompit sur l'*oncle Tom* ! ! !

❈

Que ne décorez-vous ce brocanteur sinistre !..

❈

Pourquoi mettre en oubli là-bas , cet autre cuistre
Qui , pour tésauriser avec l'art de savoir
Diminuer le *doit* au profit de l'*avoir* ,
Ascétique et bouffi comme une abesse enceinte ,
Chaque dimanche à jeûn marche à la table sainte
Sous l'absolution du Seigneur qu'il vola ?

C'est bien !.. décorez-moi cet honnête homme là !...

Si déjà le Piémont, sol natal des marmottes ,
N'avait de rubans verts , paré ses redingottes ,
Vous eussiez même pu donner la croix d'honneur
A certain architecte illustre entrepreneur !

ÉPILOGUE

Grâce ! je n'y tiens plus ! je suis à bout ! je cède !
La *Rubanophobie* est un mal sans remède
Que je plains, de bon cœur, sans avoir le dessein
De me constituer son propre médecin.
Qu'un autre opérateur, d'une main moins féroce,
Cautérise, s'il peut, cette gangrène atroce,
Pour ma part, je constate avec fidélité
Son troisième degré d'incurabilité,
Et j'étouffe de rire en me tenant les côtes.

❋

Que les traîneurs de sabre et les porteurs de bottes,
Chez les princes, les ducs, les sultans, les pachas ;
Récoltent des cordons, des plaques, des crachats,
C'est leur métier ! La croix ! s'ils ne l'ont de Bellone,
Le rang d'ancienneté tôt ou tard la leur donne ;
Mais voyez, de nos jours, combien on reste froid
Même devant celui qui la porte à bon droit !
Le *bras fort* qui jadis conduisait aux conquêtes
Ne trouve plus chez nous que des lyres muettes.
Ils sont passés les temps où marquis et barons
Aux poètes de cour décernaient des clairons,
Pour qu'ils aillent en char fanfarer l'équipée
Des porteurs de bannière et des tireurs d'épée.
Les poètes sensés de nos jours se sont tus
Devant des brassards froids comme leurs cubitus.
Trophée et panoplie, ayant pour nom : Victoire,
Sont jetés au vieux fer, bric-à-brac de l'histoire,
Parmi des ossements calcinés et pourris
Où rampe la couleuvre, où niche la souris.
Le casque d'Atila présente à plus d'un prince
Son maxillaire affreux qui se contracte et grince ;
La mort est là qui rit en émiettant aux vers
Des panaches jadis effroi de l'univers ;
Sous les doigts d'Apollon nos luths enthousiastes
Ne comptent plus les coups des grands iconoclastes ;
A peine si l'archet du vieux Napoléon
Fait encor de *Chauvin* chevrotter l'orphéon :

❋

O toi ! d'ambition toujours mal assouvie,
Toi nerveux général nommé consul à vie ;
Toi qui, loin d'emboîter le pas de Washington,
Créa des maréchaux avec plaque et bâton !
Mort du cinq mai ! momie immense ! grand squelette !
Qu'un Orléans conquit avec sa bandelette
Sur un écueil, sans craindre, en remplissant ton vœu,
L'expropriation, œuvre de ton neveu !

✳

Soldat ! ta dynastie est-elle assez fondée ?
Quel désastreux démon te suggéra l'idée
D'inventer croix, comtés, duchés et majorats ?
Regarde ! tes colbacks sont rongés par les rats !
Tes croix d'honneur s'en vont, et ta capotte grise
N'est plus qu'un vieux décor suspendu dans la frise
D'un théâtre effondré de la base au fronton :
L'universelle harpe acclame Washington !
Depuis que votre nom, Sire, s'engence et rime
Avec exil, fusil, froc, escroc, frime et crime,
Notre chair fraîche saigne accrochée à deux clous,
Et des dents du lion tombe à la cage à loups.
Nous ne respirons plus, en guise d'oxigène,
Qu'une odeur de police, un miasme d'hyène
Qui, sous les hauts gazons du funèbre jardin,
Trouble les morts couchés près d'Alphonse Baudin
Dont l'ombre psalmodie au timpan de la Chambre
L'implacable refrain du *quatre* et *deux décembre*,
Lugubre coup de cloche au sinistre bourdon
Que Charles IX lui-même exclurait du pardon !...

✳

C'est trop dégénérer, O Français que nous sommes !
Quand tigres, loups-cerviers, chacals, ours gastronomes
Seront assez repus de nos derniers morceaux,
Nos os iront pourris dans la loge à pourceaux !!!

Édouard CHEVRET.